樂讀56

樂讀456 001

小書蟲
生活週記

文 岑澎維 圖 王若齊

目錄

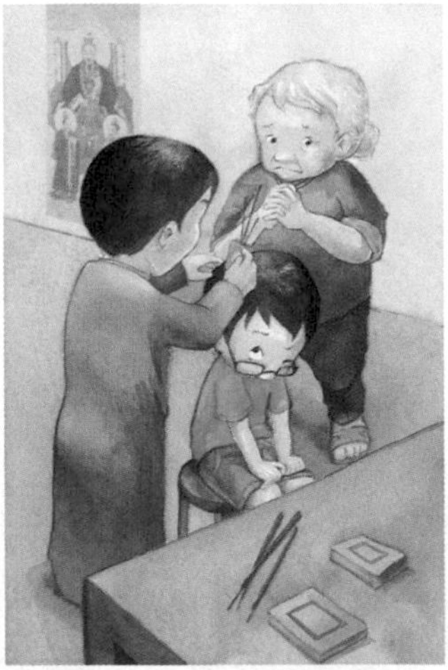

自序

獻給小書蟲

◎岑澎維

二〇〇四年十月，當時的《國語日報》兒童文藝版主編黃聰俊先生，邀我為該版寫些生活故事。

我在電話中跟他商量，可不可以寫童話，因為在這之前，除了兒童散文和童話，我還沒有寫過故事，面對陌生的文類，多少會有一點惶恐。

不過，電話那端傳來的是，目前需要的是生活故事。

就這樣，小書蟲這個孩子，跳上了兒童文藝版，把他的真實生活展示在大家面前。許多人向聰俊兄表示，喜歡小書蟲；許多久未聯絡的親朋好友，也因為小書蟲，而出現在我的電子信箱中；更有許多素未謀面的人，因為小書蟲，而讓我知道，每個星期一，他們在等待小書蟲。

有媽媽認為，我寫的是他們家的寶貝；有小朋友認為，我寫的是他們班的某位同學；還有人認為，我寫的不只是一個人，一個人怎麼可能有這麼多人的影子在身上。

小書蟲到底是誰呀？小書蟲是一個在我心裡佔據重要地位的孩子。雖然他有一些令人頭痛的習慣，但是我依然愛他。他是一個頑皮淘氣又善良可愛的孩子，最重要的是，他看書時入迷的模樣，連我都羨慕他。

他的喜怒哀樂，牽動著我，我記著他的每一句話，記著他給我的每一個感動；當然，我更感謝他，給了我這麼豐富的材料與快樂的生活，這本書我要獻給他。

1 快樂小書蟲

小書蟲總是無憂無慮，天塌下來，他也不畏懼。

你看他放學，他把書包甩到背上，書包兩邊的釦子，各釦著一袋東西：一袋便當盒，一袋書法用具。

兩手空空的一路踢著石子回家：「換老師，換老師，每天都有換老師。」

「喂！小書蟲，你在做夢啊，哪有那麼好的事，每天都可以換老師？」

「換老師？真的嗎？要換老師了嗎？」小書蟲追上離他一步遠的同學：「真的要換老師了嗎？」

「你不是在唱：換老師，每天都有換老師？」

「不對啊，我是在唱：飯好吃，飯好吃，每天都有飯好吃。」

兩個人哈哈大笑，遇到鐵罐踢鐵罐，沒有鐵罐踢石子，搭著肩合唱著走回家。

為什麼小書蟲這麼快樂呢？為什麼老師這麼凶，他還能無憂無慮呢？

小書蟲的爸爸為他分析出三個原因。

第一個原因是：小書蟲做事散漫隨興，沒有計畫，所以很快樂。

你看他，一回到家，書包一丟，就把該做的事全丟到腦後；騎車、看書、看電視、打電腦、開冰箱來吹冷氣……想做什麼就做什麼。

他要在爸爸媽媽還沒下班之前，充分享受一下快樂。

他知道，爸爸媽媽不會忘了叫他做功課的，有人記得就行了；他先去做那些沒人記得要他做的事，那些都是快樂的事。

這是他一直都很快樂的第一個原因。第二個原因呢，就是小書蟲從來不會把明天的事，拿到今天來煩惱。

明天要交的單子，那是明天的事。明天要檢查抹布，那是明天的事。明天要帶色紙，那是明天的事。今天就該把今天快樂的事先做了，這些瑣瑣碎碎的事，都是明天的事。

小書蟲不一定會「今日事，今日畢」，但是他絕對不會「明日事，今日畢」。

那麼，明天挨罵怎麼辦呢？

所以小書蟲有第三個絕招，那就是：講過就算，罵過就忘。所以，老師再凶，再大聲，罵完就算了，小書蟲絕對不會記在心裡；當然，也從來不記恨老師、爸爸、媽媽，以及一切罵過他的人。

他是快樂的小書蟲，有了這三個快樂祕訣，他可以看電視時抱著心愛的故事書；打電腦時，吸著冰涼的飲料；用手抓菜吃，順手擦在衣服上。

快樂滿地都是，挨罵是一定要的啦！哪個孩子不挨罵？不是這件，就是那件。先把快樂的事做完才是對的。

上學、放學、上課、下課，如果你看見這麼一個白上衣沾滿了墨汁，大書包上掛著兩個小書包，歌聲難聽又唱得很盡情的小學生，不要懷疑，他就是小書蟲。

2 小書蟲的眼鏡

小書蟲不是因為他戴了一副眼鏡才愛看書的，小書蟲也不是因為愛看書才戴眼鏡的。

小書蟲是喜歡躺在沙發上、床上、地板上，凡是能躺的地方，他都一定會躺下來看書。他的眼鏡就是這樣下來，上天賜給他的禮物。

當然，小書蟲還有一個看書的祕密基地，那個祕密基地保證不會有人打擾，躺再久，姿勢再差，也不會有人管。那個祕密基地就

是，通往頂樓的樓梯轉角。

這個轉角的地方，有一個小小的天窗，可以照進一點微弱的陽光。那樣的光線，足以讓人在半年之內，近視增加一百度，小書蟲的眼鏡就是這樣架起來的。

但是小書蟲才不在乎這些，他只要兩樣東西就夠了：書本和舒服。不過，戴著眼鏡也真是麻煩。特別是他在祕密基地看書，背靠著牆久了，手、腳還是會麻痺，麻痺的時候，就很容易滾下來。

滾下樓梯，最先受傷的常常是眼鏡，不是飛了出去，就是被自己的腦袋壓歪了。

一副端正的眼鏡是書蟲的必要配備，小書蟲「久病成良醫」，日子久了，也學會了自己調整眼鏡。他知道，當一個書蟲，學會這項技能是必要的。所以現在，不管是從祕密基地上滾下來，摔歪了眼鏡，或是在球場上被人撞脫了鏡片，小書蟲都能自己把眼鏡扭回來，把鏡片塞回去。

這副小書蟲對它呵護有加、始終形影不離、任勞任怨的眼鏡，沒想到也會有不見的一天。

眼鏡怎麼弄丟的？是在學校還是在家裡？小書蟲坐在門前的臺階上，認真的想。他把下午到過的每個地方，都在腦子裡重新走過一次，可是，怎麼也找不到他的眼鏡。

他在心裡輕輕的呼喚著眼鏡，他相信眼鏡一定能感應得到，只是它的那雙「眼鏡腳」沒有辦法跑罷了。

沒有了眼鏡的小書蟲，就像沒了旗子的旗杆那樣，再也威風不起來了。

「真該給它取個名字，這樣呼叫它就容易多了。」

「就叫它『千里眼』好了！千里眼，呼叫千里眼，千里眼聽到請回答。」小書蟲走到每個地方，嘴裡都這麼喊著，但是沒有半點回音。

「太慢取了，它根本不知道自己叫『千里眼』。」

「你就是不知道善待它，所以它才會受不了你，跑掉了。」爸爸說。

「眼鏡不見啦，一定是眼鏡要你休息休息，別再看書了。」媽媽說。

「眼鏡不見了？走路會不會撞到電線杆？」阿媽說。

「那就再去配一副吧，不然要怎樣？」阿公說。

小書蟲不願意，他一定要找回他的千里眼。

千里眼終於還是聽到了小書蟲的呼叫。晚餐過後，阿媽抓著一副油膩膩、垂頭喪氣的眼鏡，來到小書蟲面前：「在你的便當盒裡啦！」

這下，小書蟲可想起來了，他是一邊看書一邊吃午餐，一直吃到午休時間到了，他一邊收便當盒，一邊收眼鏡……

「喔，我的千里眼！」眼鏡有點歪，不過沒關係，小書蟲會幫它整型。現在，該先給它洗個澡吧！

3 最嘮叨的人

學校發了一張問卷調查表，大大小小有十幾個題目，每個題目小書蟲都要想一想，才能回答得出來。

但是就有一個題目：你覺得下面哪個人最嘮叨？爸爸、媽媽、阿公、阿媽、老師、主任、校長、其他。這個題目，小書蟲想也沒想，就在「阿媽」前面的框框裡，打下一個大勾。

打勾的時候，小書蟲也沒有想太多，只是每次閉上眼睛，阿媽的那句：「卡緊咧！」就像蒼蠅一樣，在耳邊嗡嗡嗡的，揮也揮不

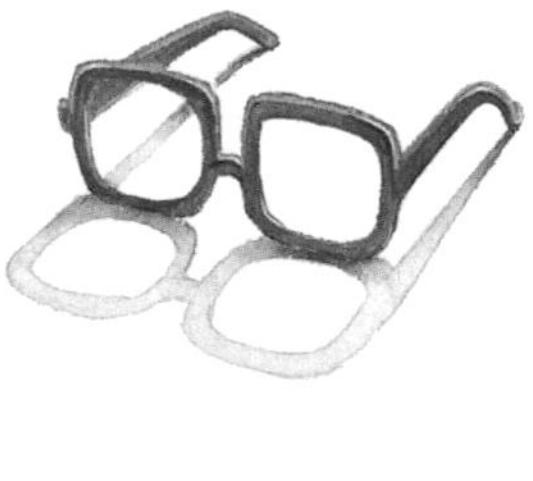

走。

就像這天早上，上學之前，小書蟲坐在老「灶腳」的長椅子上看故事書。阿媽提著一桶剛洗好的衣服穿過老灶腳，要到曬衣場。她大聲的跟小書蟲說：「還在看，還不卡緊換衫褲。」阿媽看也沒看的邊走邊說。

「換好了。」正在看書的小書蟲，頭抬也沒抬，繼續看著故事書。

阿媽生氣了：「換好了，還不卡緊去洗嘴。」

小書蟲抓著故事書走到洗臉檯邊，伸手正要抓牙刷，才想起來已經刷過牙了：「阿媽，剛才就洗好了。」

小書蟲走回原來的長椅子，一屁股又坐下來繼續看。

「洗好了，還不卡緊吃早點？」

「吃過了，阿媽。」

小書蟲的頭還是埋在故事書裡。阿媽可以喊的都喊過了，她邊晾衣服，一邊又想起一件事：「眼鏡不擦一擦，老師在上什麼，你看得見？」

小書蟲哈哈大笑幾聲，實在是因為故事太好笑了，他忘了該回答阿媽的話。

阿媽從曬衣場上又丟了幾句話過來，這幾句話都只從小書蟲的耳邊擦過，沒有一句進了他的耳朵。直到阿媽衣服都晾好了，進到老灶腳來：「眼鏡擦了沒有！」這幾個字才真的灌進小書蟲的耳朵。

「阿公幫我擦過了。」小書蟲的眼睛還是沒離開書本。

「幾點了？都弄好了，還不卡緊去上學？」

「卡緊咧！」

這就是小書蟲一定要投阿媽一票的原因。阿媽只要看到小書蟲，就像老師看到講臺一樣，不去講一講就不過癮。

小書蟲把這一票投給阿媽，原本也沒有對阿媽抱多大希望，他不相信天底下的阿媽都這麼嘮叨，他相信一定會有慈祥的阿媽，只是他沒有遇到罷了。

最後，調查統計結果出爐，刊登在校刊上，小書蟲迫不及待的趕緊找到那一題來看。天哪！小書蟲暗暗的喊了一聲：「呦——呼！」

校刊的那個題目下面，寫了一句：「恭喜阿媽，高票當選，成為這一次調查結果『最嘮叨的人』！得票率：四十三點三七五。」

沒想到，天下的阿媽都是一樣的，小書蟲心裡慶幸著：「別人的阿媽也沒有比我們家的阿媽好嘛，其實都一樣嘮叨！」

小書蟲這才恍然大悟：「原來慈祥的阿媽，只有故事書裡才找得到。」

4 一線牽阿媽

小書蟲的阿媽念過兩年的書，小學二年級的時候，為了躲空襲警報，就再也沒有進學校讀書了。

雖然她念了兩年書，但是認識的字還是沒幾個。不過就衝著這兩年，她自認比小書蟲的阿公有學問多了。

小書蟲知道，識字不多的阿媽，有一項天大的本領，那就是不管你住在哪裡，不管你有沒有姊妹兄弟，不管你是什麼事來到這裡，阿媽都有辦法跟你搭上一條線。

你住在隔壁村子？結婚了沒有？你爸爸是誰？媽媽呢？他們做什麼工作？喔，我知道了，那個做水電修理的人是你的誰？叔叔？好，你是水旺仔家裡的人，對嗎？那你知道你要叫我什麼嗎？姨婆。

阿媽像玩跳棋那樣，一個人跳過一個人，一件事跳過一件事，最後一定能把你和她的關係找出來，連成一條線。

小書蟲相信阿媽是福爾摩斯來投胎的。她總是先把目標擴大，然後畫出適當的範圍，大膽假設，小心求證，最後，線就這樣連了起來。

「啊，你就是順德仔的孫子？這麼大了，你爸爸結婚的時候，我還有去給他請呢！」這是小書蟲最要好的同學到家裡來的時候，阿媽連上的線。

小書蟲不明白，他爸爸結婚的時候，跟他同學有什麼關係，那時候他都還沒出生呢！不過阿媽就是這麼厲害，來找小書蟲的人，都得先通過阿媽的調查，先跟她連上一條線才行。

不管是爸爸的朋友、媽媽的朋友、小書蟲的朋友，誰的朋友都一樣，阿媽一定要連上一條線才肯放人。

阿媽有沒有沒連上線的記錄呢？有，但是只有一次。

這一天，來了兩位推銷員，人家還沒說清楚他是要賣什麼的，阿媽就開始盤問人家。

你住哪裡？你爸爸叫什麼名字？媽媽呢？幾歲的人了？你們那

附近有一個在幫人家做家具的，你叫他什麼？那你就是天富的孫子，對不對？你爸爸是第幾的？那我知道了……。

阿媽抽絲剝繭處理完一個，正要處理第二個時，第二個推銷員急忙把東西收拾收拾，暗示著「走吧！」但是阿媽還是不放人。

你住哪裡？我住很遠啦！

多遠？會不會比我女兒嫁得還遠？怎麼就要走了？說一下也不會怎樣啊！

兩個人留了兩張名片，跟阿媽說，要買書再打電話給他們。

「我又不識字，字也不識我，我買書做什麼。」

「如果不買，不打也沒關係。」兩個人慌亂的出了門。

阿媽送他們走到大門，還一直問：「喂，你家是住多遠啦？」

這是第一次，大概也是唯一的一次，小書蟲的阿媽沒能跟人家連上線。不過她並沒有因此而氣餒，因為她相信，她一定有辦法跟你連上線的。

5 會吃衣服的抽屜

小書蟲發現，放衣服的抽屜會吃衣服。

他的一件印有老火車頭的套頭衫，還有一件他並不怎麼喜歡的長袖白襯衫，都被抽屜吃掉了。

小書蟲覺得，這是一個重大的發現。但是，在還沒有提出足夠的證據之前，絕對不能告訴任何人，例如妹妹。現在告訴她，她一定會說：「抽屜吃衣服？太好笑了，會不會有一天，變成衣服吃抽屜呀？」

所以，要沉住氣。如果現在說出來，說不定阿媽會從她的大抽屜裡，把白襯衫拿出來說：「不是在這裡嗎？」

因此，小書蟲決定像書裡說的那樣：要當一名「發現者」，沉住氣是必要的；但是，更重要的是「觀察」和「記錄」。

現在，有了觀察，他還需要記錄。

他把抽屜裡的衣服全拿了出來，一件一件的記錄下來：灰色背心、藍色牛仔褲、內衣兩件、內褲三條……運動服一套、冬夏制服各一套。然後，每天記錄衣服進出的情況。

書上說，長期觀察與記錄的耐心，是「發現者」比別人可貴的地方。小書蟲最渴望發現的，其實是昆蟲，但是他一直沒有這樣的機會。

現在，另一種機會來了，「抽屜吃衣服」的發現如果成立，他就可以為這個現象命名。太帥了！想到這裡，小書蟲記錄得更加勤快了。

這一天，終於來臨了！

根據小書蟲的紀錄，對照抽屜裡的衣服，那件冬季的卡其色長褲，正式發現被抽屜吃掉了。這真是一個重要的時刻，小書蟲記錄下發現的時間。

小書蟲再仔細的檢查一次，上衣還在，而且，學校還沒宣布換季，那條褲子不可能被拿去穿。他就要成為「發現者」了！

小書蟲第一個就告訴妹妹，妹妹張大眼睛看著他，驚慌的說：

「那會不會把衣服都吃光了？」

「有可能喔！」

兩個人一起去告訴阿媽，阿媽坐在搖椅上，一點也不信的說：

「不曉得被你丟到哪裡去了，抽屜怎麼會吃衣服？」

爸爸聽了小書蟲的報告之後，和小書蟲一起仔細觀察了一番。

「爸爸你看，抽屜吃飽了以後，就關不大起來了。」

爸爸推推抽屜，果然關不上。

「我說的沒錯吧！吃飽了。」

爸爸一句話也不說。他蹲下來，兩手把抽屜整個拉了出來，然後彎著腰往裡面看。小書蟲也跟著往裡面看。

「抽屜果然會吃衣服！」爸爸伸手把塞在裡頭的卡其色長褲、長袖白襯衫、老火車頭衫、襪子，一件件的掏了出來。

「不過，幸好還沒消化掉！」爸爸說。

6 黃牙白柚

秋天的大白柚，是小書蟲的最愛。

坐在院子裡，和媽媽一邊剝白柚，一邊看書，是他覺得最幸福的事。看累了，還可以跟大白柚聊聊天。

「來，嘴巴張開。嗯，牙齒很整齊。」小書蟲剝開一片白柚，學牙醫師的口氣說話。

「很好，沒有蛀牙。」小書蟲像牙醫師那樣，巡視每一顆柚子籽。柚子上的籽兒，整整齊齊的排列著。

「就可惜，黃了一點。」小書蟲學著爸爸的口氣說。

「記得早晚一定要刷牙，最好是吃過東西後，也要漱口。」小書蟲學的是媽媽的口氣。

「好，現在，我要把你的牙齒一顆一顆的拔起來嘍！」在剝開的白柚上，小書蟲把籽兒一粒粒的拉了起來。

這時候，小書蟲又假裝是白柚，痛得「哎喲！哎喲！」的叫，逗得媽媽都笑了出來。

「然後，再吃掉你的肉！」小書蟲大聲的對白柚說。他張開大嘴咬下，一片白柚，兩口就吃完了。

「真是甜美多汁，回味無窮。」小書蟲學著廣告的口氣，還閉起眼睛，扮了一個回味無窮的模樣。

在媽媽笑著看他的時候，他又低下頭，繼續看了一頁《西遊記》。

孫悟空正和蜘蛛精纏鬥，到底會不會遇害？

小書蟲每次看這種冒險故事，都覺得又緊張又刺激，好像自己就是書裡面的主角一樣。現在，他就是書中的悟空，一直要到唐三藏獲救，他才會鬆一口氣。

這時候，手上的白柚，早就滴得滿地汁液了。

回頭看看媽媽，白柚還在小桌子上，媽媽也一樣看得忘了吃。

小書蟲剝了一片，送到媽媽面前，笑咪咪的等著媽媽讚美他。

然後再剝開一片給自己：「記得每天都要刷牙喔，不然滿口黃牙，可就沒人愛嘍！」媽媽聽出小書蟲是在學她，看了他一眼。

吃完一片，小書蟲又回到書裡，不知道這一回，三藏要遇到什麼災難了？

但是小書蟲知道，搬張椅子坐在院子裡，一邊吃著黃牙白柚，一邊看著喜歡的故事書，媽媽就陪在身邊，這是一件最幸福的事。

7／辛苦你了，嘴巴

小書蟲數了數，嘴巴有三個主要用處：吃東西、唱歌講話，還有做表情。

想想看，眼睛只負責「看」，人們就拚命的保護它，一躺下看書就挨罵。耳朵也只負責「聽」，聲音稍微大一點，人們就受不了。鼻子負責呼吸，還被當成最重要的事來看，一定要新鮮的空氣才行。

嘴巴每天至少要做三件事，既重要，又不需要特別照顧，真是

了不起。

小書蟲還發現，人家是三件事分開做，小書蟲的嘴巴卻能同時做三件事：他可以一邊吃東西，一邊哼著自己編的曲子，一邊揚起嘴角，表示自己滿足極了。一張嘴同時做三件事，還有什麼人可以比他更厲害？

一個人的時候，小書蟲會用兩隻手演戲，一邊是飛彈：「咻——咻——」一邊是地雷：「砰！砰！」兩邊炸來炸去，死傷慘重的時候，救護車來了：「喔咿——喔咿——喔——」

他的嘴巴又是飛彈，又是地雷，又是救護車，忙得不可開交。

這一天的下午，兩方人馬正在戰場上廝殺：「看我滅跡龍角蠍的厲害！喝——」

「啊，可惡，我也讓你嘗嘗我的瞌睡鐵嘴蟻的滋味，嘶——」

「那我用流星苦毒子對付你！呃——」

「哈哈哈，我毫髮無傷，一點用處也沒有……」

「能不能讓你的嘴巴休息一下？」爸爸一邊看報紙，一邊忍受著小書蟲的轟炸，實在受不了。

這時，小書蟲的嘴巴既要應付敵人、扮演敵人，還要跳出來回答爸爸的問題：「啊不行，一休息，敵人的武器又要飛過來了！」

「咻——」

「砰！」

「啊！糟了！」

「喔咿——喔咿——喔——」

「讓嘴巴休息一下，寫在紙上也行啊！」爸爸在槍林彈雨之中，插進了一句話。

「我一跟你講話，飛彈就飛過來了。」

小書蟲兩隻手忙著解決激烈的戰爭，不夠用的時候，兩隻腳還要派上用場，嘴巴就負責製造各種聲音效果。

在煞車的聲音、戰車的聲音、飛彈的聲音之中，爸爸有點生氣了。

「我看你的嘴巴什麼時候才會累？」

小書蟲聽出爸爸的聲音不一樣了，趕緊草草結束戰爭，讓所有的人馬撤退，改天再打。

翻個身爬了起來，到冰箱找東西吃。

「爸爸，嘴巴不會累，只是打仗有點辛苦。」小書蟲一邊吃著冰涼的愛玉，一邊這麼跟爸爸說。

「不過，辛苦是有代價的，有好吃的東西，我一定留給它。」

「是啊，我們家的電腦根本不需要裝喇叭嘛！」爸爸抬起頭來回答他。

「為什麼？」

「打電動的時候，靠你的嘴巴配音就夠了！」

「咦，爸爸，你怎麼知道？我都是這樣！」小書蟲說。「喇叭關掉，才不會太吵。我早就是自己一邊打，一邊配音的！」

爸爸覺得真是被他打敗了。「你的嘴巴真是辛苦。」

「還好啦！」小書蟲有點不好意思的說：「爸爸，你不知道，我的嘴巴呀，要它不講話，才真的會很辛苦呢！」

8 五百度書蟲

當「五百度」三個字，從眼科醫師嘴裡說出來的時候，小書蟲的爸媽同時發出誇張的尖叫，表達他們的驚訝。

「小書蟲，你實在太不像話了！看書時，姿勢不拘！打電腦時，時間不拘！看電視時，距離不拘！到底什麼時候，你才會愛惜自己的眼睛！」

爸爸媽媽毫無商量餘地，從眼科診所一回到家，立刻拔掉電視電源，設定電腦開機密碼。

小書蟲回到自己的房間，他深深覺得，該為他的五百度近視負責的人，是妹妹。

但是爸爸媽媽一定聽不進這樣的理由，所以一致認為，小書蟲應該為自己的近視負責。

小書蟲眼裡含著淚，心裡想著，爸爸媽媽不知道，他有多麼懷念妹妹還沒出生，來和他分享爸媽的愛的那段日子。

那時候，小書蟲的任何一個動作，都能逗得阿公阿媽、爸爸媽媽哈哈大笑；他們什麼事都以他為第一優先，好吃的留給他，好玩的買給他，要什麼有什麼。

妹妹出生之後，一切都變了。他的獨享變分享，而且只能分到剩下的、妹妹不要的那一點點。

妹妹找不到東西，亂發脾氣，大家都覺得她很可愛，忙著分頭幫她找，連他也不得安寧。如果是小書蟲的東西丟了，別說發脾氣了，一被發現，只有挨罵的分。

所以，小書蟲只好躲進故事書裡，因為書本裡有好多有趣的故事，他只要鑽進書

裡，什麼煩惱都能笑掉。他愈躲，近視當然就愈深啦！

小書蟲把眼淚擦了，當然，要忘掉所有的不愉快，最好的方法就是找一本好看的書來看。於是，他又拿起一本書，靜靜的看了起來。

在書本裡，他把他的五百度近視、把妹妹的霸佔，全拋得遠遠的。直到妹妹拿了一包餅乾來找他，他才又回到現實的世界來。

「哥哥，餅乾一半分你好不好？」

妹妹就是有這麼一招，讓小書蟲拿她沒辦法。這也就是小書蟲認栽的地方；妹妹雖然分享了他獲得的愛，但是，有什麼吃的東西，她總是會分一半給他。

她從來不會獨享，也不知道獨享是什麼。

小書蟲接過一片餅乾。她一出生，就樂於分享。

這麼一想，小書蟲就不難過了。

至於那五百度近視，小書蟲就當做是，現在他唯一可以「獨享」的東西吧！

9 小書蟲的妹妹

不愛查字典的小書蟲，在妹妹也上小學之後，就成了一本字典，有時候，甚至還要成為一本無所不知的百科全書。

「哥哥，『狼吞虎嚥』是什麼？」正在看故事書的妹妹，抬頭問小書蟲。

要表現自己懂得很多，就不能想太久：「如果你吃東西，都大口大口的吃，就像狼或是老虎那樣，嚼都不嚼的吞下去，還可以看到一隻雞或兔子通過你的喉嚨，那個樣子就是狼吞虎嚥。」

妹妹立刻張開大口：「是不是像這樣？」

「對，不過你還是不要學，那個樣子很難看。」

妹妹又繼續看她的書。

「哥哥，如果我跟聖誕老公公許願，說希望我考第一名，那聖誕老公公會不會在我的襪子裡，放一疊解答呢？」

小書蟲快速轉動腦子裡的引擎：「不會，他會放一疊練習用的考卷在你的襪子裡。」

「真的嗎？」妹妹睜大眼睛問。

「唉，騙你的啦！」

看書的時候，妹妹又問：「哥哥，什麼是『蝦兵蟹將』？」

小書蟲故意這麼回答：「就是拿蝦子做成的冰，拿螃蟹做成的醬。」

妹妹聽了，雙手一合，說：「再用土司夾起來吃。」

兩個人都哈哈大笑。

但是妹妹問的問題，可不是都這麼容易回答的喔。

「哥哥，你有沒有用過『肝膽香皂』？」

「什麼香皂？」

「『肝膽香皂』！」

小書蟲拿過妹妹的書來看，「這是『肝膽相照』，又不是『香皂』！」

妹妹被小書蟲這麼一說，臉一紅，眼淚就要掉下來了，在掉下來之前，妹妹還是忍不住的追問：「那『肝膽相照』是什麼？」這下，小書蟲也尷尬了。其實，他也不清楚肝膽相照是什麼意思；過去他看到這類不懂的詞句，都像溜滑梯一樣的滑過去，哪裡會去查字典。

但是，他要掩飾自己的「不知道」，就這麼回答：「你不要一直問我呀。你知道嗎，你已經夠幸運了，我小時候看書，哪裡有人可以問哪？你要自己查字典呀！」

被哥哥這麼一說，妹妹的眼淚就真的掉了下來：「哼，你不會就說一聲嘛！」

小書蟲哪裡受得了這樣的話？「誰說我不會？我只是要你自己多用腦筋想一想，不要一直問人家。」

「你會，那你公布答案。」

小書蟲只好搬出字典，把「肝膽相照」找出來。

「喏，在這裡，就是指『朋友之間，誠懇的交往』。」

「哥哥，那『誠懇』是什麼？」

「『誠懇』就是『誠懇』，怎麼還要解釋啊？」

「可是，」妹妹不好意思的說：「人家就是不懂嘛！」

好吧，小書蟲又把字典翻到有「誠懇」的那一頁：「我看，我得教你查字典才行。」

當一本活字典還真不容易，尤其要應付妹妹千奇百怪的問題。

小書蟲希望妹妹會查字典之後，他就可以辭掉這個工作。

但是他知道，這是永遠辭不掉的。

「哥，你知道……」瞧，妹妹的問題又來了。

10 甘蔗嘉年華

小書蟲的家在鄉下。

小小的村子外，有大片大片的稻田圍繞。

小書蟲常聽爸爸說，從前這附近都是甘蔗園。小書蟲無法想像那是什麼景象，因為一直到現在，他連茅草和甘蔗都還分不清。

終於有一天，鄉公所附近、還保留一大片甘蔗園的「甘蔗試驗所」，辦起坐牛車的甘蔗園嘉年華。小書蟲放下報紙，立刻要求爸爸：「帶我們去！」

小書蟲摸了摸牛車頂蓋的紅色布幔，他不敢相信，阿公是坐這種綴滿流蘇和鈴鐺的牛車到田裡去耕作。

「這是特別為你們弄的，下田哪需要這些裝飾啊？」

小書蟲這裡看看，那裡看看。爸爸最懷念白甘蔗了，他說這是他們小時候，口渴時最方便的飲料。

天哪！這麼好的飲料！小書蟲羨慕起爸爸來了。

「除了這個，沒有別的，看你羨不羨慕？」

然後，小書蟲看到削甘蔗比賽，削完了的甘蔗，還可以帶回去吃。

媽媽立刻要爸爸去參加，看看爸爸到底是不是真的吃甘蔗長大的。

爸爸脹紅了臉，被推上臺去，大家都挑好一根甘蔗後，哨聲就響起。刷、刷、刷，黑色的甘蔗皮應聲落地。

只有爸爸，像削鉛筆那樣，輕輕的，怕弄疼甘蔗似的，慢慢的削。小書蟲緊張得真想衝上臺去，幫爸爸的忙。

但是，就在這個時候，右邊第一個、削得最快的男人，他的甘蔗削斷了。

「唉！」臺下一片嘆息。

嘆息聲中，爸爸左手邊的那個男人，甘蔗也斷了，他拿著半截甘蔗，一邊吃一邊走了下來。最左邊的那個男的，手上的甘蔗大概

也有了狀況，他慢慢的、小心的削著。

「加油！加油，比沒削斷的。削甘蔗，拚『快』還要拚『不斷』。啊！現在，現在只剩下兩位了。」又一個人下臺。主持人拿著麥克風「不斷」的加油，小書蟲的心，跟著爸爸手上的鐮刀，上上下下的移動，他的心裡也一直喊著：「不斷，不斷！」

就在這個時候，和爸爸同臺最久的那位先生，一個不小心，甘蔗也斷了！

臺下又是一陣議論。

「加油，剩下最後一位，只要沒削斷，你就是這一場的第一名。」爸爸露出了不好意思的笑容。

沒有了對手，一家人還是為爸爸捏一把冷汗。那根又細又長的甘蔗，在爸爸的手上，看起來好脆弱，好像擺動得稍微大一點就會斷。

甘蔗就在眾人的注視下，一刀一刀小心的削好了。爸爸還想把它修漂亮一點，主持人已經拿著第一名的獎品兌換券，雙手交給爸爸，臺下立刻響起一片掌聲。

「太厲害了！爸爸，你真是在甘蔗園裡長大的沒錯！」

小書蟲啃著爸爸削的甘蔗，一邊吃一邊給爸爸戴高帽子。

只是小書蟲還是無法想像，家附近都是甘蔗田的時候，是什麼模樣？

11 小書蟲的志願

小書蟲從小就有一個志願，這個志願藏在他的心底，不會輕易的告訴別人。

阿媽希望他長大當醫生，姑姑希望他以後當老師，阿公也告訴他，只要肯努力，就可以做總統。

但是，這都不是他真正的志願。他真正的志願是，長大以後能去開火車，當一位火車司機。這個志願從幼稚園的時候就跟著他，沒有離開過。

要勇敢說出這個志願不容易，因為每次說出來都會被人家笑。所以他只會告訴他要好的朋友，雖然要好的朋友也會笑他，可是，至少不會笑得那麼劇烈。

小書蟲知道，臺灣的火車鐵軌有哪些規格；他還知道，臺灣和世界各國有哪些火車，它們的動力來源是什麼。

當然，臺灣環島鐵路網上有哪些站名？內灣站在什麼線上？哪一段鐵路還沒有電氣化？現在要到臺南，可以搭幾點的車？小書蟲全都瞭若指掌。

他手上有好幾本火車時刻表，沒事的時候就打開來看。他覺得那真是一本百看不厭的好書，隨便翻到哪一頁，都可以看很久。

乘車指南
鐵道旅遊

「書蟲是不能開火車的。」同學耀宗和他交換志願後，這麼提醒他。

「為什麼？」小書蟲著急的問。

「因為，書蟲是離不開書的，如果你在開火車的時候，不小心拿起書來看，那不是很糟糕嗎？」

小書蟲聽到這樣的提醒，心就涼了半截。他已經吸收了許多跟火車有關的知識，做好了開火車的準備，但是為了開火車，要他把「書」戒掉，那是多麼不容易的事啊！

雖然小書蟲信心堅定，但是心裡還是有點不舒服。

「怎麼啦，小書蟲？」

小書蟲把耀宗的提醒告訴怡君。怡君聽了，覺得耀宗的擔心的確很有道理，依照小書蟲的個性，可能會一邊開火車，一邊看書。

於是耀宗的擔心，變成了小書蟲的傷心。

「怎麼啦，小書蟲？」

下課的時候，怡君把小書蟲的傷心告訴了老師。

「喔，小傻瓜，志願是什麼，你知道嗎？」

「就是很想做的事。」

「對呀，很想做的事，就會很專心、很小心的做呀！」

「對呀！」小書蟲的眼睛立刻亮了起來。

「既然成為你的志願，一定是很喜歡很喜歡的，你會為這個工作克服一切困難。如果還一邊做別的事，那一定是你不夠喜歡。」

小書蟲望著老師，就像找到知音那樣。老師把他不知道該怎麼表達的話，一句一句代替他說出來了。

小書蟲在心底歡呼著。

12／睡不著的小書蟲

整個下午，小書蟲都開心得不得了，他只能做一件事，那就是拚命的忍耐，忍耐著不要讓自己笑出來。

但是小書蟲還是常常忍不住，就咯咯咯的，止也止不住的笑了起來。

「小書蟲，你今天是不是吃錯藥了？」坐在小書蟲旁邊的耀宗這麼問他。

小書蟲只能盡量的忍，忍不住的時候，才讓笑聲蹦一些出來，

但是一蹦出來，就再也收不起來了。「到底什麼事這麼好笑嘛？」同學的眼神從羨慕到忍耐，到受不了。

老師瞪了小書蟲一眼，小書蟲立刻煞住了笑聲。

他也很想專心聽老師講課，但是，忍不住的笑就像打嗝那樣，不是他能控制的；而那件事又像好聽的旋律那樣，不斷出現在他的腦子裡。

最重要的是，小書蟲怕會忘了這件這麼好笑的事，所以要隨時回憶一下，一回憶就不得了，他就會止也止不住的笑了起來。

放學的時候，他的肚子已經因為笑得太久而又痠又痛。但是他知道，只要回家就好；回到家，讓他把這件事說出來，他就會舒服很多。

小書蟲一回到家，先拿出作業來寫。他坐在書桌前，呵呵呵的笑著寫作業。

「字要好好的寫！」阿媽經過他身邊的時候，丟給他一句話。

「正經一點！」阿公走

過他身邊的時候，這麼說。

好不容易等到爸爸下班，小書蟲立刻跑了過去。

「爸爸！你今天真是幸運！我要告訴你一件差點笑死我的事！」

「有這麼厲害的事嗎？」

「所以說，你今天真是幸運哪！」

「那就說來聽聽。」小書蟲跟著脫完鞋子的爸爸，一起走去洗襪子。

「今天中午，午睡的時候啊，大家都睡著了。」

「只有你沒有睡。」

「對，因為我睡不著。」

「那怎麼樣？」

「我睡不著，但是我閉眼睛假裝睡著了。」小書蟲忍不住又笑了起來。

「後來，隔了很久，我聽到，哈哈哈，爸爸，我聽到老師……」

「老師叫你起來罰站？」刷著襪子的爸爸問他。

「不對，不對。我聽到老師，老師她打了一個噴嚏，順便……順便，哈哈哈，她打了一個噴嚏，順便放了一個響屁。」小書蟲說完，又笑到不行。

爸爸也跟著呵呵呵的笑了起來。

「爸爸，是不是太好笑了？」小書蟲已經說不下去了。

爸爸聽著小書蟲誇張的笑聲，一邊搓襪子，一邊說：「老師放屁，這麼好笑嗎？」

小書蟲還是笑個不停，等他笑夠了，爸爸也把襪子洗好了。

「爸爸，你不是常說，有時候被人家笑，也是很好的嗎？」

現在，小書蟲真的覺得舒服多了。

13 拿筷子的高度

一直不想長大的小書蟲，總是拿湯匙吃飯。

「反正筷子能做的事，湯匙都能做；但是湯匙能做的事啊，筷子不一定會做。」

是啊，筷子可是不能舀湯來喝呢！

所以小書蟲理直氣壯，用湯匙吃飯，用湯匙挖水餃，用湯匙唏哩呼嚕扒麵。

「湯匙好用！」每次大人要他換上筷子，他總是這麼說。

不過，有一次吃飯的時候，小書蟲終於發現，筷子有一個用處是湯匙沒有的！

這個發現太重要了。

那是已經學會用筷子吃飯的妹妹，筷子拿得太高了。

「筷子要拿在中央稍微高一點的地方就好。」爸爸說。

「是啊，拿那麼高，以後嫁得遠，媽媽要看你都不容易。」媽媽笑著說。

妹妹立刻把手握在筷子中央。

媽媽一句開玩笑的話，就像一顆種子，落在小書蟲的心裡。

這句話生根、發芽，伸展出細嫩的莖稈，牢牢的扎在小書蟲的心底。

小書蟲開始用筷子吃飯了。

「怎麼啦？長大嘍！」

小書蟲用筷子吃飯。

「嗯，很容易嘛！」

小書蟲用筷子吃麵。

「的確不錯，好用多了！」

小書蟲拿筷子的手，離筷尖很近很近。

低低的手，緊緊的抓牢。

「你的筷子別拿得那麼低呀。」

「爸爸，拿這樣，差不多可以娶到哪裡的？」

爸爸看著小書蟲拿筷子的手，想起了媽媽講過的話，又想起小書蟲最近常提起的，那個和他同桌的小女孩。

每次他一提起這個同村的小女孩，不是眉飛色舞，就是甜甜的、害羞的笑。

為了她，小書蟲願意用筷子吃飯，真是不簡單。

「喔，」爸爸回過神來，笑著跟他說：「這麼近的距離，差不多可以娶我們家隔壁的。」

「什麼！」小書蟲立刻把手升高一些。

隔壁住的，不是別人，是他們班的「母老虎」班長。小書蟲可不想跟老虎一起住。

「那這樣呢？」

爸爸用眼睛測量了一下高度。

「差不多可以娶同村的了。」

小書蟲不好意思的微微笑了一下，心裡又是一絲甜甜的滋味。

「嗯，那我以後就拿這個位置。」

筷子真的很好用；每一口都帶著幸福的味道。

14 一整年的得意

過年的氣氛愈來愈濃了。小書蟲的阿公要到鎮上去買紅紙。

這已經是小書蟲的阿公，第四次到鎮上買紅紙了。

每一次，他都在那些紅色的紙捲裡，挑選五捲最貴、最好的，付了錢，再騎著他的慢速摩托車回家。

今天也不例外。他把紙捲小心的放進置物箱裡，戴上安全帽，再慢慢的騎著摩托車回家。

一回到家，阿公立刻喊著小書蟲，叫他快來看買了什麼。

小書蟲以為阿公買了好吃的，拔腿就跑了過來。

一看是一捲一捲的春聯紙，小書蟲煞了車來個急轉彎，又想往外跑。阿公伸手攔下他，小聲的跟他說：「來，寫完了，阿公帶你去看跳降落傘！」

被阿公攔在手上的小書蟲，一聽要去看跳降落傘，考慮了三秒鐘，才勉強答應。

小書蟲實在不喜歡寫春聯這差事，每次一寫就是好幾幅，寫到手都痠了，還不能休息。

但是阿公就是有辦法，讓小書蟲乖乖的坐在書桌前好好的寫。

阿公幫他磨好了墨，也幫他把新的毛筆舔到恰當的形狀。

小書蟲嘟著嘴，看著阿公又從放重要文件的抽屜裡，小心的把一張保管得很好的紙條，放在小書蟲的桌子前。

「阿公，不必看了，我都背起來啦！」

「好，好，你最聰明。」

小書蟲突然想起來，電腦印的春聯又端正又好看，立刻跟阿公商量：「阿公，你先出去，不要看啦！我自己寫就行了。」不敢得罪小書蟲的阿公，走了出去。

小書蟲立刻按開電腦，把「天增歲月人增壽」幾個字輸入電腦裡，再把紙的長度、字體、字的大小設定好。

五分鐘不到，一張漂亮又好看的春聯就完工了，不必阿公噘著嘴吹乾，也不必擔心弄髒衣裳。差不多半個小時後，五幅春聯就印好了，小書蟲立刻拿去向阿公炫耀。

阿公一看，只「啊！」了一聲，什麼也沒說，就再也不看第二眼了。

小書蟲放下春聯，轉身就往外走，已經交差了事了。

那天晚上，爸爸把小書蟲叫了過來，對他說：「你這春聯印得可真好。」小書蟲知道，爸爸一定話中有話。

「如果要這麼漂亮的春聯，阿公上街買就有了，對不對？」

小書蟲看著爸爸手上的春聯，他說的真有道理。

「你寫的春聯，你覺得不好看，但是阿公覺得，那是他最大的驕傲哇！」

「啊？」小書蟲想像不到，他的字也能被當做驕傲。

「阿公覺得，門上的字是他孫子寫的，一整年都得意。」

「真的嗎？」小書蟲不相信，他一直以為，阿公是為了省錢才這麼做的。

「好啦！我已經跟阿公講過了，把電腦學成這樣也不容易，他才勉強接受了。把字練好一點，明年可別再讓電腦代替阿公的孫子啦！」

小書蟲不好意思的笑了笑。

15 電腦會做的事

電視、電腦還有故事書，這是小書蟲的三個寶貝。

小書蟲只要一碰到這三樣東西，眼睛立刻發亮，耳朵就很難聽到其他的聲音了。

「去洗澡啦！」

「吃飯嘍！」

「做功課了！」

這些話，是進不了小書蟲耳朵的。只有阿媽生氣時高分貝的聲

音，才能勉強擠進去。

愈是這樣，小書蟲的阿媽，就愈懷念小書蟲小的時候。那時候，不認識字的小書蟲，整天不是在阿媽的懷裡，就是在阿媽的背上，祖孫兩個形影不離。

現在阿媽只要看到小嬰兒，就會聞聞嬰兒身上的奶香，因為小書蟲也有過那樣的香味。那時候，阿媽走到哪裡，小書蟲就在哪裡。

現在的小書蟲，不是在阿媽的懷裡，也不在阿媽的背上。他在電視和電腦的懷裡；被小書蟲抱在懷裡的，是故事書，也不再是阿媽了。

阿媽只能一個人走到鄰居家裡串門子。

「你的阿孫呢？」鄰居的阿婆總會這麼問。

「在打電腦啊！」

阿媽的身邊少了小書蟲跟著，看起來就好像缺少鮮花的花瓶一樣，空空的，少了什麼似的，每個人都會覺得怪怪的。

「長大了呀！輕鬆嘍，你就不必帶在身邊了。」

「是啊！現在孫子都交給電腦了。」

每個聽阿媽這麼說的人，都會好奇的問：「電腦也會帶孫子喔？」

阿媽哭笑不得，不知道該怎麼解釋。

「我以為，電腦只會『揀土豆』呢！」鄰家的阿婆這麼笑著說。

「電腦會做的還不只這些，電腦還會寫毛筆字呢！」阿媽說。

「什麼呀？電腦也會寫毛筆？」

「有一回，我阿孫拿了一副門聯，就說是電腦寫的。」阿媽得意的說。

「我們都跟不上他們了，電腦會做的事，真是太多了。」

每次，小書蟲在家裡打電腦的時候，阿媽和阿婆們就在外頭聊電腦。但是沒有一個人知道，電腦到底會做什麼。

聊到太陽又到西邊去時，阿媽就要進到屋子裡去煮飯了。

她站了起來，跟阿婆們道別。

「叫電腦煮就好了嘛！」阿婆們會這麼開玩笑的說。

小書蟲的爸媽還沒下班，屋子裡依舊靜靜的。

阿媽又慢慢的走進屋裡，叫了好幾聲小書蟲的名字，小書蟲才回答一聲，阿媽知道他還在打電腦。

阿媽到曬衣場去，把衣服收了回來。

「電腦會做的事，未免太多了。」阿媽洗好了米，一邊疊衣服，一邊這麼自言自語著。

16 天上掉下來的老鼠

小書蟲在鄉下的家，原本是一個三合院，到小書蟲出生的時候，三合院只剩下一半，另外一半拆來建樓房。

留下來的半個三合院，冬暖夏涼，但也是老鼠的天堂，阿公一天到晚都在忙著抓老鼠。

那是貓咪該做的工作，為什麼會落在阿公身上呢？

原來，後院裡養的三、四隻抓老鼠的貓咪，生小貓的速度比抓老鼠的速度快，一個夏天的功夫，就弄得小貓滿院子跑。

那時候，老鼠的確少多了，但是貓一多，就跟老鼠一樣傷腦筋。牠們除了會偷吃，還會半夜裡喵喵叫。

所以那一陣子，小書蟲總是看著阿公，拿掃把去趕那些趕也趕不完的貓咪。

有一天，小書蟲突然覺得後院裡空盪盪的，一隻貓也沒有。

「阿公，怎麼貓咪都不見了？」

「小孩子不要問那麼多啦！」

就這樣，沒有了貓咪，抓老鼠的任務就落到阿公身上。

阿公抓老鼠的成績，比起貓咪可就差多了。有一天，小書蟲上學前，看見三合院的屋頂上有一隻小老鼠；小書蟲發現牠，牠也發現小書蟲，兩個都嚇了一跳，老鼠慌亂的沿著屋簷往前跑，小書蟲也拚命的往前追。

一個不小心，小老鼠就從屋簷上掉了下來。掉下來的小老鼠，在地上打了個滾，馬上往前繼續逃。小書蟲被牠逗得笑了好久，沒想到天上也會掉下老鼠來。

從那次以後，小書蟲開始覺得老鼠是很可愛的。

有一次，小書蟲伸手進襪桶裡拿襪子。

「什麼襪子這麼柔軟哪？」小書蟲心裡覺得怪怪的。

「還暖暖的呢！」小書蟲掀開襪桶的蓋子一看。

「哇！」一窩小老鼠！

小書蟲興奮極了，這下可以養一、二、三、四、五、六，六隻小老鼠！

他飛奔著去告訴阿公。

「飼老鼠咬布袋喔？」

阿公澆了他一盆冷水。

那天小書蟲放學回來，怎麼問，阿公都不說老鼠哪裡去了。

沒了那窩小老鼠，老屋

子的屋頂上，還是常聽到吱吱喳喳的聲音，弄得阿公坐立難安。

不過，牠們飛簷走壁的功夫都很好，再也沒有那種天上掉下老鼠來的畫面可看。

小書蟲常常跟在阿公身邊，看阿公準備抓老鼠。

那是一項神祕又刺激的工作，阿公會找出滷得香滑的豬肉，放在捕鼠板子上、掛在捕鼠籠子裡。這時候，什麼話都不許說，更不能提「老鼠」兩個字。

「牠們很聰明，如果聽到，就不會來吃了。」小書蟲半信半疑，閉口不敢說那兩個字，免得被阿公罵。

但是在心裡，仍然偷偷的唸著那兩個字。大概是因為這樣，阿公才常常抓不到老鼠，三合院仍然是老鼠們的天堂。小書蟲還是會看見，架著瓦片的竹梁上，有老鼠匆忙跑過。

小書蟲常常想，如果阿公捕捉到那隻從天上掉下來的小老鼠，不知道自己還能不能認得出牠？如果認得出來，他一定會要阿公放了牠。

小書蟲還是很懷念那隻從天上掉下來的小老鼠，牠真是笨拙得可愛。

17 小書蟲過年

小書蟲過年，一定會去的地方，就是那條擺滿了各式各樣年貨的大街。

年貨大街只在除夕前三天開張，擺到大年初三收攤，想要再逛，就要等上一年。

年貨大街上賣的，不只是年貨，吃的、穿的、用的，甚至玩具、盆栽，什麼都有。

那一條年貨大街不只是小書蟲過年重要的回憶，也是小書蟲壓

歲錢最重要的去處。

阿公、阿媽給的壓歲錢，是不用交給媽媽的，小書蟲自己保管。小書蟲管理這些錢的方法很簡單，那就是「先花個一、兩百元，再全部花光」。

小書蟲拿了壓歲錢的第一件事，就是到年貨大街上逛逛。年貨大街上的玩具都很便宜，一、兩百元就能買到一件；剩下的錢，留著跟媽媽到百貨公司時，一次全花光。

大年初一出門之前，媽媽提醒他：「別看到喜歡的就買，先逛完了再決定。」

阿公也叮嚀他：「不要再買火車了，我們家的火車比鐵路局的還多！」

但是一到大街上，這些話就被拋得遠遠的了。他的眼睛只看得見玩具攤，飛機模型、工程車、冒煙火車。一到玩具攤前，他的腳就會自動停下來，再也離不開。

今年，他想買的是一部碰轉車，但是不好意思開口，因為那個玩具看起來已經有點幼稚了。

逛完第一回的時候，媽媽問他看到什麼想買的沒有？

小書蟲小聲的告訴媽媽，果然換來「噗哧」一笑。

「這麼大的人了，還想買那種三歲孩子的玩具。」

回頭再逛第二回，小書蟲還是只中意那架碰轉汽車。

小書蟲記得，他在這條年貨大街上，買過一隻會汪汪叫的玩具小狗，也抱回過一整盒有鐵軌的火車組，買過幾枝竹蜻蜓、幾本故事書。

現在這個碰轉車，是有一年很想買的，但是那年想買的東西太多，碰轉車最後被放棄。

「還是很想買那個碰轉車？」

小書蟲點點頭。

碰轉車裝上電池以後，在地上碰到任何東西，都會自動轉彎，的確很好玩。但是麻煩的是，車上裝著一個吵人的喇叭，開關一開，音樂就來，配上五光十色的閃爍燈光，真的很幼稚。

才玩一次，小書蟲就沒有面子再玩了。

小書蟲有點難過，為什麼整條年貨大街上，已經沒有讓他心動的玩具了？

爸爸看著小書蟲失望的樣子，建議他自己動手修理，看看有沒有辦法把碰轉的功能留著，把吵人的音樂取消掉。

小書蟲一聽，眼睛立刻亮了起來，馬上去找小螺絲起子。

「同一個玩具，不一樣的年齡有不一樣的玩法！」對呀，學校才剛教過燈泡和電線的組合，他可以好好的看看這車子裡，到底是怎麼回事。

嗯，小書蟲又開始期待明年的年貨大街趕快開張了。

18 收驚拈米卦

「又跑到哪裡去了？」阿媽一邊走，一邊罵。

她從前門進到屋子來，小書蟲就從後門溜出去，穿過後院，從老屋子那邊又溜進前院，跟阿媽玩捉迷藏。

「要不要出來？」遠遠的又聽到阿媽對著樓上喊的聲音，小書蟲在前院答應了一聲，又悄悄的到後院去。

等阿媽追出來，小書蟲早已躺在客廳的椅子上休息了。

「再不出來，我要找棍子啦！」阿媽使出她的最後絕招，但是

沒有用。

小書蟲躺在客廳看書，在阿媽的聲音還沒靠近之前，這是最安全的地方。他知道，阿媽又要帶他去收驚了。

從小書蟲有記憶以來，醫生和收驚是連在一起的。生病看醫生以後，阿媽就會再帶他去收驚。

收驚的法師會用厚厚的金紙夾著香，在桌上敲三下，然後念念有詞，用香在小書蟲頭上繞圈。

阿媽相信這樣可以趨吉避凶。有時候，法師會拿出一個裝了米的小盒子，要小書蟲從裡面拈三把米出來，叫做「拈米卦」。法師把取出來的米，在神桌上數一數，判斷到底是怎麼回事。

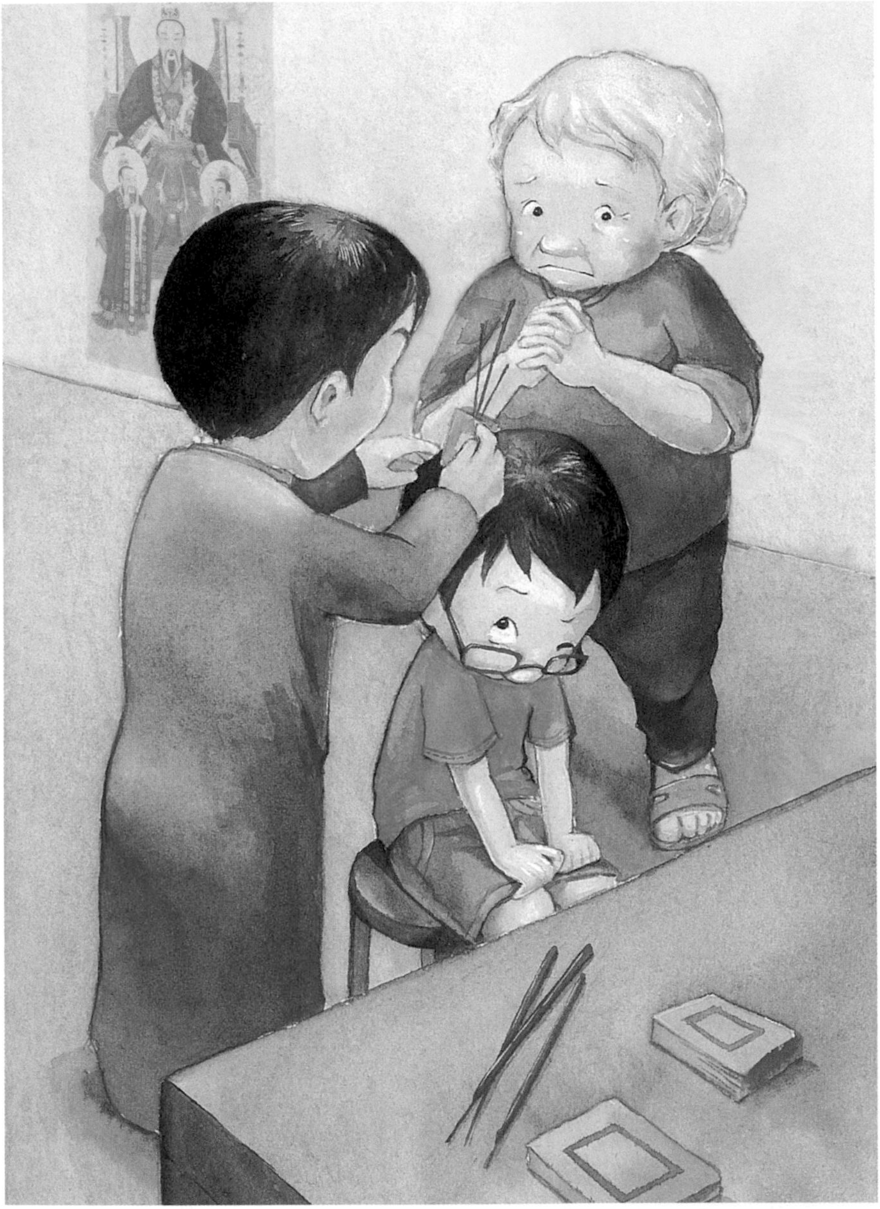

但是學校裡的老師常常告訴他們，生病還是要看醫生，不能只靠收驚。

「收過驚的舉手！」好幾個老師都問過這個問題，小書蟲每次都覺得很難為情，因為他也收過驚。

不過，幸好班上同時舉手的還有好多人，大家一起分攤，就沒那麼難為情了。

現在，阿媽又要帶他去收驚。小書蟲感冒了好幾天，阿媽認為光靠醫生，力量不夠，還要加點神明的力量才行。

「阿媽如果讀過一點書就好了，我就可以拿書給她看，讓她知道這是迷信。」小書蟲很懊惱，沒有讓阿媽多讀一點書，不過這也不是他能決定的。

小書蟲在客廳裡看書，好久都沒聽到阿媽的叫喚聲了，覺得有點不安心。

放下了書，悄悄的走到阿媽休息的老屋那邊去，一不小心又被發現。阿媽像裝了炸彈一樣，見人就炸：「你是跑到哪裡去了？阿媽在叫，你都沒有聽到？還不趕快把手腳洗一洗，衣服換一換，跟我去……」小書蟲像觸了電那樣，立刻跳開。阿媽又通上了電流，高分貝的聲音源源不絕而來。

真不該去惹阿媽的，這下又要玩躲貓貓了。

小書蟲躲到他的祕密基地去看書。

肚子有點餓了，沒有人來叫他吃東西；天色暗了下來，阿媽沒有大聲喊他去洗澡。

阿媽真的不理他了，小書蟲覺得過意不去，自動跑去找阿媽。

「阿媽只是要你好，你卻這樣對阿媽。」阿媽一邊煮飯，一邊抱怨。

小書蟲覺得阿媽說的對，自己真是不應該，阿媽只是希望他感冒快點好。

好吧！為了阿媽，再難為情也去吧！

「阿媽，明天再去好不好？」

「明天、明天，明天你還是一樣，又要跟我玩捉迷藏。」

阿媽真是太了解小書蟲了。

「現在就去！」天哪！阿媽真是一刻也不放過。熄了火，阿媽找出一個紅包袋，裝了錢，就拉著小書蟲出門。

「其實，去收驚，也有一種幸福的感覺！」小書蟲握著阿媽的手，一邊走，心裡一邊這麼想。

「那樣表示有人關心你！」

19 小書蟲的寒假作業

寒假前一天，小書蟲就決定，要在一天之內寫完寒假作業。

老師說：「寒假作業最好每天寫一篇，這樣才不會在開學前一天趕夜工。」

每天抽出一段時間做同一件事，這對做事散漫隨興的小書蟲來說，實在是不容易的事；更何況，寒假裡除了過年，爸爸媽媽也有一些旅遊計畫，所以小書蟲打算花一天的時間，解決這件不容易的事，這樣就可以安心放寒假了。

那一本薄薄的寒假作業，內容簡單又吸引人，一拿到手，小書蟲就恨不得馬上動手來寫。

學期的最後一天，學校早早就放學了，小書蟲抓著寒假作業跑回家，迫不及待的趴在客廳茶几上，攤開寒假作業開始寫。

數學都不難，國語也很簡單，小書蟲喜歡要花一點腦筋想的題目，這種題目一旦想出答案以後，就能拿來考考別人了。

要上網查資料的部分、要用到彩色筆或剪刀的地方，小書蟲就輕輕的翻過去，打算留到最後再一起做。

就這樣，小書蟲像蠶寶寶吃桑葉那樣，把寒假作業東一塊、西一塊的，從頭到尾寫了一遍。「凡事早點做準備，就不會在最後手忙腳亂。」小書蟲覺得安心多了。

接下來的一整個寒假，小書蟲過得很快樂。偶爾，他會想起還沒有想出答案的「腦筋急轉彎」，正好可以在過年人多的時候，拿出來考考大家，這樣又可以換來更多有趣的題目。

「打電話給烏龜，猜一種蔬菜。」

「香蕉掉到地上變成什麼？」

小書蟲和表哥、表姊，你一題、我一題，他不只是把寒假作業上的「腦筋急轉彎」倒背如流，還從表哥、表姊那裡學到不少，真是收穫豐富。

至於寫下答案這樣簡單的事，小書蟲相信，只要一個下午的功夫就夠了。所以小書蟲繼續晚睡晚起，放著安心又快樂的寒假。

當假期愈剩愈少，媽媽的聲音就愈來愈大：「寒假作業寫了沒？」

「寫了呀！」

開學的前一天，媽媽又再確定一次：「寒假作業寫完了沒有？」

「寫了呀！」小書蟲有點心虛的回答。

「寫完了沒有？」

「喔——」小書蟲急忙找出寒假作業。

這邊找剪刀、那邊找色紙，過了年他才在剪「春」字。接下來比較麻煩的是撕畫，要把色紙撕成一小塊一小塊來拼貼，雖然有點麻煩，但是幸好有妹妹可以幫忙。

忙到晚上，媽媽幾乎要發火了：「你不是都說寫了嗎？」

「我又沒說寫完了。」小書蟲在一桌子的忙亂中，低頭回答。

天黑了好久之後，小書蟲終於把寒假作業弄好。

「明天就要上學了，還是早點上床吧！」小書蟲一邊收拾，一邊這麼想。

「幸好我有早做準備，要不然哪，今晚可真的要趕夜工呢！」這麼一想，小書蟲又快樂了起來。

忙亂之中，小書蟲把一個安心的寒假過完了。

20 鉛筆姓什麼？

「爸爸，你知道鉛筆姓什麼嗎？」

小書蟲又在和爸爸玩腦筋急轉彎了。不管是飲料杯上、報紙上、書本上、網路上，只要有腦筋急轉彎的問題，他都不放過。

「鉛筆也有姓嗎？」

爸爸連想也沒想，他知道，一聽到這種問題，只要等著聽答案就對了。

「有哇！我告訴你，鉛筆姓蕭。」

爸爸懂了，原來是「削鉛筆」。但是爸爸有意見，他說：「那是別人的鉛筆，你的鉛筆可不姓蕭哇！」

這下，換小書蟲愣住了。別人的鉛筆姓蕭，我的鉛筆姓什麼？

「咦，對了，我的鉛筆姓『自動』，自動鉛筆不必削嘛！」

「不！不！不！你的鉛筆不是複姓，跟你一樣，也是單姓啊！」

單姓？小書蟲想不出來，跟著爸爸四處走，還一邊很認真的慢慢想。

「好啦！聽好，你的鉛筆的姓比較特別，姓『掉』！」

「掉鉛筆？」小書蟲的腦筋一時還轉不過來。

但是等他想清楚了，立刻和爸爸爭辯：「爸爸，『掉』可不是姓啊，沒有人姓掉。」

也對，爸爸知道沒有人姓「掉」。

「那你的鉛筆姓『丟』。」

「丟鉛筆？沒有，沒有，也沒有人姓丟。」小書蟲賴皮的說。

「那我想起來了，要有人姓的，你的鉛筆姓『梅』。」

這下小書蟲真的招架不住了，開心的笑了起來：「沒鉛筆！」

「不是嗎？你的鉛筆盒呀，真是留不住鉛筆。帶一枝丟一枝，帶兩枝掉兩枝，裡頭總是『沒鉛筆』。」

小書蟲有點不好意思。

他也不知道為什麼，鉛筆就是會失蹤，每次一失蹤，就不會回來了。

媽媽幫他在鉛筆上貼過名字，阿公幫他把鉛筆用棉線綁在鉛筆盒上，但是鉛筆還是長了腳，跑走了就失去聯絡，有時候一失蹤就是好幾個月。

跟著鉛筆一起離家出走的，還有一樣東西，叫橡皮擦。

小書蟲的橡皮擦跟他的鉛筆同姓，在鉛筆盒裡就是待不住，一個不留神，橡皮擦就變成了「沒皮擦」。有時候，小書蟲用的可是「人皮擦」喔！因為他發現，手指頭沾點口水，緊急的時候，還是可以代替橡皮擦的。

辛苦了一天，小書蟲通常是帶著一個空空的鉛筆盒回家。

所以，如果你要問小書蟲這麼一個問題：「媽媽檢查什麼最可怕？」

他一定想也不必想就告訴你：「鉛筆盒。」

為什麼？因為他的鉛筆和橡皮擦都姓「梅」。

21／哦，那可不行！

小書蟲最近有了一項重大發現，就是不管他提出什麼要求，爸爸一定都回答：「哦，那可不行！」

「爸，我想去同學家寫功課。」

「哦，那可不行！你怎麼知道同學的家人怕不怕吵？」

「爸爸，我們明天去逛逛街怎麼樣？」

「要買什麼嗎？」

「沒有，只是隨便逛逛嘛！」

「哦，那可不行，我還有一份報告要寫。」

小書蟲花了十年的時間，終於摸清楚爸爸的招式，也研究出一套和爸爸說話的方法。

「我才不想去同學家寫功課呢！」

「怎麼不去呢？」

「下雨怎麼辦？如果下雨可就麻煩了。」

「哦，那可不行，別小小年紀就怕麻煩，帶著雨傘去。」

小書蟲順利的到同學家寫功課。

「爸，這個禮拜天，千萬別找我去逛街。考試到了，每科都還沒準備好。」

「哦，那可不行！為什麼要臨時抱佛腳？現在就去讀書！平時就是戰時，戰時就是平時，告訴你多少次了？」

星期天下午，爸爸開著車帶全家人出去逛街。

小書蟲花了十年的時間，才研究出爸爸的習慣。但是，爸爸只要十天，十天，他就破解了小書蟲的招數。

「爸爸，同學們明天要去烤肉，可是我不想去。」

「為什麼？」

「我想在家看書。」

「好哇！」爸爸拍著小書蟲的肩膀說。

怎麼回事？小書蟲的頭頂冒出好多問號，這是怎麼回事？

小書蟲在家看了一天的書，哪兒也沒去。

怎麼會不靈了？再試一次！

「爸，我們這個禮拜還是別出去騎車好了。」

「怎麼了？」

「我想把書包洗一洗。」爸爸竟然又一口答應。怪了，他的那一句話跑哪兒去了？

好啦，既然不靈了，再反過來試試看吧！

「爸，我書包洗好了，下午我們可以一起出去騎腳踏車嗎？」

「哦，很好，那下午四點出發吧！」

到底怎麼了？跟著爸爸十年的話，怎麼這麼快就不見了？

小書蟲偷偷的躲在牆角看著爸爸，爸爸好像有點不一樣了。四點不到，小書蟲和爸爸戴好帽子，穿上鞋子，就要出發。小書蟲在樓梯上邀媽媽，媽媽的聲音從樓上傳了過來：「哦，那可不行，等會兒我要去洗頭！」

天哪！原來這句話跑到媽媽那兒去了。

22 丟不掉的寶特瓶

小書蟲喜歡到公園玩。

套件寬鬆的上衣，穿上合腳的球鞋，調整好紅色頭巾，當然，度數愈來愈不夠的眼鏡也得一起去。

這是小書蟲最耀眼的裝扮。

柔軟得跟地毯一樣的草皮，百玩不厭的鞦韆、小滑梯，再快一點就能起飛的直排輪，風一吹就落葉滿地的麵包樹，公園的每樣景物都那麼吸引人。

小書蟲喜歡去公園，這些當然都是原因。但是，更重要的是，小書蟲知道，每次他到公園，都會有一些阿姨、阿婆，盯著戴紅色頭巾的小書蟲看。

「好可愛的小男孩！」

「這麼小就戴眼鏡了？」

「好帥！」

「真是帥哥！」

這些讚美的話，起先會令小書蟲不大自在，日子一久，也就習慣了。

習慣之後，小書蟲就愈來愈在意自己的外表。早上上學以前，他會在鏡子前咧開嘴、露出牙齒檢查，今天的牙齒白不白；出門以前，他會看看頭髮亂不亂，衣領有沒有拉好，眼鏡髒不髒；慢慢的，他也在練習自己的每個動作，要有點氣質才行。

這一天下午，在公園裡，小書蟲順手撿起一個寶特瓶來玩，還有半瓶水的寶特瓶可以丟得好遠好遠。

他和妹妹把寶特瓶當做水火箭來發射，看誰射得遠。

走過他們身邊的老婆婆，還是和往日一樣，會盯著這個戴眼鏡、頂著紅色頭巾的孩子看。

小書蟲自然要用最帥的動作來丟瓶子，要帥又要遠，還要拋出一道完美的弧線，真是高難度的挑戰。妹妹倒是不在意美不美，她又是助跑又是扭腰的，弄散了一頭長髮，寶特瓶就是飛不遠。

差不多該回家的時候，小書蟲把手中的寶特瓶往沒有人的地方，丟出一道彩虹彎，然後拍拍手回家。

「喂！小帥哥，你的瓶子不要啦？」

小書蟲回頭看，是一位婆婆，她拿著被小書蟲丟得滿身是傷的寶特瓶，好像是從童話故事裡走出來的，辛苦的追上小書蟲。

小書蟲愣住了。等老婆婆來到眼前，他才開口說：「那不是我的寶特瓶。」

「可是你剛才不是玩著它？」

「那是我撿來的。」

「啊？」老婆婆高舉著的瓶子，輕輕放了下來，轉過身子走了。

小書蟲牽著妹妹，看著老婆婆的背影，失望的走進夕陽裡。

「小弟弟，你撿了那個寶特瓶，你就對它有了責任喔。」不知道什麼時候，身邊站了一位阿姨，她正和小書蟲一起看著老婆婆走遠。

小書蟲沒有勇氣追上老婆婆，寶特瓶卻這麼跟著小書蟲了。

一路上、一整個晚上，一整天，小書蟲都會想起那個處處擦傷的寶特瓶。

他還會想起老婆婆提著寶特瓶離去的身影。他實在應該負起責任，把寶特瓶收好才對，現在寶特瓶在他心裡，卻扔也扔不掉了。

23 上學的路上

小書蟲每天走路上學，短短三百公尺的路程，他要花半個小時來走。

「半個小時！」小書蟲不相信，他決定用科學的方式來查證這件事。

早上七點出門——正確一點是七點零二分，因為阿公提著書包，要把小書蟲從報紙之中拖出來，就要花掉兩分鐘。

把書包背好，計時開始。小書蟲首先走到門口他種的花草前，

蹲下來看一看它們今天長多高了。

「哇！三公分！」小書蟲現在種的是一棵綠豆芽和兩棵紅豆芽，前幾天放了肥料，果然長得又高又壯。有時候，他種的是野草，每天還是很認真的為它們量身高。

在阿公的吆喝聲中，小書蟲才站起來，正式踏出家門。這又花去他三分鐘的時間。

早晨的門口，擺滿了攤販，賣魚、賣肉、賣青菜、賣雜貨；小書蟲對賣魚的攤販最感興趣。

看著老闆刷刷刷的刮鱗片，是一件愉快的事；看著老闆一刀劃開魚肚，則是一件令人期待的事，小書蟲要等著老闆取出魚鰾，看一看今天的魚鰾有多大。

「哇！真漂亮！」小書蟲讚嘆著。浮在水上的魚鰾，是小書蟲夢想很久的玩具，只是他不敢開口。

如果碰上老闆處理的是大魚，小書蟲就要站更久了，大魚鰾漂浮在水面上的樣子更好看。

「還不趕快去上學！」老闆一喊，小書蟲馬上緊抓著便當袋去趕路。

離開魚攤子，三叉路口上要等一等。早上車子特別多，要讓車子先過，義工媽媽才會舉起旗子讓他過。

過了三叉路口的第一個三合院，裡面有隻老黑狗。老黑狗喜歡追小孩，小書蟲又是老黑狗最喜歡追的那種小孩。

小書蟲探頭進去看一看老黑在不在，老黑裝作沒看到，趴在地上豎起耳朵，等小書蟲一踏進三合院，就發出低沉的警告聲。幾秒鐘過後，小書蟲就會衝了出來，後面追著他的，鐵定是老黑。

如果小書蟲逃出來很久，老黑還在叫，那就表示老黑被綁著，小書蟲就會到老黑面前，學老黑叫，惹老黑生氣。

接下來是叔公的豬圈，兩隻母豬和幾隻小豬，小書蟲每天早上都要去打一下招呼。

雖然豬圈的臭味讓人有點受不了，但是小書蟲還是會到裡面逛逛，把便當盒袋子放在小豬鼻子前，讓牠們聞一聞，順便聽一聽小豬嗯嗯的叫。

再過去的姑婆家是地雷區，要小心通過。如果不小心被姑婆發現，姑婆一定會拉著小書蟲的手，摸摸他的頭，摸摸他的眼鏡，問他吃飽了沒有？考第幾名？有沒有被老師罰站？為什麼被罰

站？……，那可要浪費很多時間。

所以小書蟲一定要繞過姑婆家才行。他先走進一條小巷子，然後穿過別人家的院子，接另一條巷子走出來。

路有點遠，小書蟲得加快腳步，還要讓便當盒裡的湯匙不要撞出聲音才行。出了巷子口，學校就在眼前，走在路上的同學也多了起來。

但是小書蟲還是得上小黃家一趟。小黃不比老黑，小黃一看到小書蟲就手舞足蹈，快樂的追著小書蟲跑。小書蟲被汪汪叫的小黃一追，就到了學校正門口。

義工媽媽溫柔的把小書蟲送過馬路，小黃被留在門外。一場上學的旅程正式結束，小書蟲看看手錶，學校的鐘聲也正好響起，不多不少，正好七點半。

「哪裡有半個小時啊，才二十八分鐘嘛！」小書蟲跟小黃搖搖手，他要讀書去了。

24 故事製造機

當圖書館裡好看的書都被小書蟲看過後，一種失落的感覺，悄悄的圍繞著小書蟲。

圖書館還是一樣，沒有改變，書本都還在同樣的位置，但是小書蟲聽不到書本爭吵著：「讀我！讀我！今天讀我！」的聲音。他也感覺不到那些排列整齊的書本，急著要跳下書櫥讓人看一看、翻一翻的心情。

圖書館好安靜。小書蟲只好拿起讀過的書再看一次。

「幸好以前讀的時候，好多地方跳過去了，要不然，真不曉得要看什麼。」

讀過的故事書雖然也不錯，但是小書蟲更期待新書的到來。於是，小書蟲就更加想念小時候，還不認識字時，他所擁有的那一架「故事製造機」。

「故事製造機」永遠生產新的故事，而且不會重複，也不會忘了上次講到哪裡。睡覺前，故事製造機還會製造出一個又一個精采的故事，一直到小書蟲睡著。

這架故事製造機總是會停下來，等他問：「後來呢？」

「後來呀，這隻老青蛙呀……」故事製造機永遠不嫌煩。

這個「故事製造機」到了白天，就變成一架性能良好的「有問必答機」，不管小書蟲提出什麼疑問，他都能夠耐心的回答。

「為什麼青蛙會叫？」「為什麼要吃飯？」「為什麼天會黑？」從他有記憶以來，每個晚上，他總是在故事製造機暖暖的懷裡，輕輕的睡著。

現在，故事製造機到哪裡去了？

這架故事製造機呀，是全自動修正的，會隨著小書蟲的年齡自動長大，配合小書蟲的需求，修改自己的程式。

現在，他已經自動修正為「功課複習機」了。雖然這不是小書蟲想要的，但是他已經變成那樣了，小書蟲沒有辦法拒絕。

每天晚上，「功課複習機」會檢查他的功課寫了沒有，字寫得太難看，他還會自動擦掉，完全不理會小書蟲的心情。

複習功課的時候，又變成一架不會故障的「乒乓發球機」，問題一個一個的拋過來，常常讓人招架不住，完全沒有過去講故事時的溫柔。

如果能把這架「功課複習機」讓給妹妹，小書蟲願意再買兩個芭比娃娃附贈給她。只可惜功課複習機回答說，他可以一次為兩個人複習都不成問題，看來要送人是不可能的。

這架神奇多功能的「功課複習機」哪裡有得買呢？

其實每個人家裡都有，只是有時候功能不大一樣罷了，那就是

「爸爸」。

「爸爸功課複習機」下次會變成什麼呢？小書蟲期待能像土地公一樣，是「有求必應機」，能夠實現每個人的願望。那麼小書蟲一定會要求他變回「故事製造機」，讓他有聽不完的故事。

但是小書蟲曉得，那是不可能的，故事製造機轉型以後，就不會再回到過去。最近小書蟲漸漸覺得，「功課複習機」慢慢變成了「愛克司光機」，小書蟲心裡在想什麼，他都能透視，真是不妙。

要看新的故事，還是靠自己吧！小書蟲期待在圖書館裡，有看也看不完的新書，這樣，圖書館就是他的另外一架「故事製造機」了。

25 小書蟲的簽名

小書蟲上學之後，有一件事時常困擾著他。那件事就是，爸爸媽媽同時不在家時，就沒有人可以簽家庭聯絡簿了。

阿公雖然樂意代勞，但是沒有上過學的阿公，寫的字還會發抖；阿公學爸爸只簽一個姓，簽出來的字，就像是小孩子學大人的字那樣，歪歪扭扭的還發著抖。他花了好大功夫才寫好，可是老師並不相信那是阿公簽的。

於是小書蟲在白紙上學爸爸簽名，他相信一定可以簽得比阿公還好。

就像學直排輪那樣，要把一個字滑溜順暢的繞出來，起先有點困難，小書蟲相信，多練習幾次，筆也能在紙上滑行。哪裡重些、哪裡輕些，幾次以後，簡單幾筆就溜出自己的姓來了。小書蟲自信滿滿的看著自己的姓，心裡好得意呀！

「真的很像耶！」

等啊等，終於等到爸爸媽媽又不在家的時候了。小書蟲獨自在檯燈下，在聯絡簿上簽下自己的姓。

做壞事總是會有點緊張，簽在聯絡簿上的姓，可就沒有隨手簽在白紙上的順暢。不過簽都簽了，又不能塗掉。

那個晚上，小書蟲不斷夢到被老師叫起來問：「這個字是誰簽的？」

不過一切都還順利，老師沒有發現那個字長得有點害怕。

學完了爸爸簽名，小書蟲又開始學媽媽簽名

了。

媽媽的姓被媽媽甩出一個高難度的圓弧，不過小書蟲還是樂意試一試。他拿出練直排輪的精神，沒多久，那道美麗的弧線就完美呈現了。

爸爸媽媽不在的時候，小書蟲就可以隨心所欲的，想替誰簽就替誰簽，而且比阿公簽的還好。

小書蟲愈簽愈得意，最後，連老師的簽名也拿來練習練習，也許有一天可以派上用場也說不定。

學了老師的簽名，小書蟲沒有什麼好學的了，他又回頭找出阿公簽的抖抖字，這可是學「阿公學爸爸」簽名，用來幫妹妹簽聯絡簿也不錯，反正妹妹也看不出來是誰簽的。

小書蟲就這麼愈學愈得意的，學了不少簽名。有一次他忘了交聯絡簿，他也替老師簽了一個名字上去。

這些簽名，一直沒有被發現，小書蟲心裡很納悶。

「是真的太像了嗎？」小書蟲心裡有數，其實還是看得出來。如果真的很像，小書蟲知道，爸爸一定會讚美他之後，再叫他以後別這樣；如果不像，為什麼大人們都不揭穿它呢？

小書蟲看著自己簽的別人的名字，漸漸的一點也得意不起來了，他開始有點擔心，也有點害怕。如果有一天，老師問他：「這是誰簽的？」他該怎麼回答？

所以，當爸爸媽媽又不在家時，小書蟲在檯燈下，望著聯絡簿想了很久。最後還是去找阿公簽名。

「這是誰簽的？」老師大聲的這麼問。

「阿公簽的。」小書蟲沒有半點猶豫，心安理得的回答。

「這個感覺真好！」小書蟲心裡這麼想。

小書蟲又在練習簽名了，不過這次，他練的是自己的名字。他用花式的簽名，把自己的名字簽得像一幅漫畫。

沒有人看得懂那是什麼字，但是小書蟲樂在其中。

26／數學迷宮

每次，老師一說要上數學課，班上同學就像跑完十圈操場那樣，心跳加速外帶一臉疲倦。

小書蟲可不這樣，他的眼神跟著老師上山下海，臺上臺下來回的穿梭。

「我們先求出一瓶的容量，是不是就能求出十二瓶的容量啊？」

「那麼，一瓶要怎麼求呢？」

小書蟲先舉手，再在心裡，把那一長串數字默念了一遍。

每次幾乎都是這樣，上數學課最賣力回答的，一定是小書蟲。即使他常常舉了好久的手，都沒有被老師叫到，但是他還是快速的把手舉起來，並在半空中搖一搖，讓老師知道他有多急。

也就是這樣，老師派了小書蟲一個小老師的工作，要他教教智嘉數學。

「首先哪，你要把數學當做你的好朋友。你要常常去看它，還要多加了解它，常常找它出來玩。」

小書蟲認真的告訴智嘉，但是智嘉的回答是：「我也希望了解它呀，但是它都不讓我了解。」

這下可難倒了小書蟲，問題出在哪裡呀？

「那你要常常去找它玩哪。」

下課時，小書蟲出了幾個數學題目給智嘉，讓智嘉跟它玩，然後小書蟲就自己出去玩了。

上課回到教室，小書蟲發現智嘉的紙上，還是一片空白。

「你怎麼把數學當『恐怖片』來看呢？」

「如果像恐怖片那還好，我一點也不怕。我覺得數學比較像沒有字幕的外國片，怎麼看也看不懂。」智嘉無奈的跟小書蟲說。

「什麼？」小書蟲終於了解智嘉的痛苦了。

校外旅行的時候，小書蟲和智嘉在遊樂區的迷宮裡繞。兩個人在沒有指標的迷宮中，走來走去，每個地方都像曾經走過，卻怎麼也走不出去。

「智嘉，你害怕嗎？」

「不怕。」

「對，我也不怕，我們一定可以找到出口。」

就在這個時候，小書蟲想起了難纏的數學。

「智嘉，其實數學就像這座迷宮一樣，只要你把迷路當做一種樂趣，那麼面對解不開的數學，慢慢找到答案，也是一種樂趣呀！」

「啊？」智嘉聽不大懂，只是跟著小書蟲在迷宮裡繞啊繞的，找到出口時，兩個人快樂的擁抱在一起。

「小書蟲，真的，我答對一題數學的時候，也有現在這種感覺耶。」

「那你還怕什麼？勇敢的去找數學迷宮的出口吧！」

智嘉覺得，也許是花的時間太少，每次遇到不會算的題目，他就呆坐著，不敢動手試試看。

「那你的數學，也是一座迷宮嗎？」智嘉好奇的問。

小書蟲想了很久，他到底把數學當什麼來看了？

「電動！」小書蟲終於想出來了。

「啊？」智嘉沒想到，惱人的數學，可以和好玩又刺激的電動遊戲相比。

沒錯，小書蟲把數學當做玩電動遊戲，每過一關，積分就增加很多；每過一關，又有新的挑戰出現。

「等你走出數學迷宮，就會發現，數學跟打電動一樣有趣。」小書蟲像個大人一樣，這麼告訴他的好朋友。

智嘉看著小書蟲，他相信自己一定能做到。「小書蟲，謝謝你！」

27 養隻寵物好作伴

小書蟲好想要養一隻寵物來玩。

爸爸聽完，一口氣就想出五個要求。

「怎麼這麼多呀？」

「寵物不是玩具，當然要想清楚再養。」爸爸毫不通融的開始說：「第一，寵物不可以帶進屋子裡。」

「啊？那還叫寵物嗎？」怎麼第一個條件就這麼嚴苛呀。

「你喜歡的寵物，不一定是別人也喜歡的呀。」爸爸說。

好吧，也許可以綁在樹下。那第二個呢？

「第二，不可以吵到別人。」

「爸，哪有寵物不會叫的？」

「自己的快樂，不能建立在別人的痛苦上。」

「喔。」小書蟲雖然覺得有道理，但心裡有點不服氣。

爸爸又往下繼續說。「第三，你要自己清理寵物的排泄物。」

「別人幫忙一下也不行嗎？」

「不行，你要自己負責。」看來一點也沒有辦法商量的樣子。

「第四，養不必花費太多心血照顧的寵物。」

「第五，不能花費太多錢。」

爸爸把所有的要求說完，小書蟲的五個手指也扳完了。他看著手指，忙著在腦子裡過濾各種動物。

「爸爸，這樣差不多只剩下壁虎可以養了。」

「壁虎？」爸爸想了一下說：「條件不符，牠會叫，還會跑進屋子裡。」

「啊，連壁虎也不行，那簡直是沒有可以養的了嘛？」

小書蟲又在心裡把各種動物的習性，想了一次。

「爸爸，那恐怕只剩下植物了。」

「可以呀，植物為什麼不能當寵物？」

但是小書蟲可不想種花草來當寵物，因為他早就種過一些植物了。

要在這些條件之中找出合格的動物，可不是容易的事，但是小書蟲還是認真的尋找。

終於，皇天不負苦心人，小書蟲想出一種合乎五個條件的動物，而且這個動物也是小書蟲喜歡的。

小書蟲像中了獎一樣開心。他搬出倉庫裡的雞籠，鋪上厚厚的一層報紙。在裡面放了一個裝土的冰淇淋杯子，再弄了一窩青草、菜葉在報紙上。

要養寵物，要先有個寵物的家才行。

然後，就是靜靜的等待寵物現身。

他要養的這種寵物，會出現在阿媽種菜的園子裡，也會出現在媽媽種花的盆子底下，大雨過後，最容易發現牠們。

「啊哈！有啦！」小書蟲在阿媽的菜園裡，找到他要養的寵物——蝸牛。

小書蟲立刻把牠帶進布置好的新家去，當然，按時跟牠說話，伸手逗弄牠的觸角，幫牠洗洗澡，刷刷背，都是小書蟲這個小主人樂意做的工作。

「只可惜不能拉著你散步。」不過，小書蟲覺得這樣就已經夠幸福了。

「爸爸，這是我的寵物，我給牠取的名字叫『飛毛腿』。」小書蟲鄭重的跟爸爸作介紹。

「飛毛腿不必進屋子裡睡，不會叫，一毛錢也不必花，更不必花很多心思照顧，而且，牠的排泄物我會清理好。真是再合適不過了。」

小書蟲很高興，終於有隻寵物可以作伴了。

28 玩泥巴

小書蟲住在鄉下，大家一定以為他是玩泥巴長大的。

其實小書蟲要玩泥巴，也和都市的孩子一樣辛苦。

首先，他要和阿媽共用一塊玩泥巴的地方，阿媽拿泥巴種菜，小書蟲拿泥巴興建水利工程。兩個人共用一塊土地，這樣，小書蟲就沒有辦法盡興的玩了。只要在菜園子裡挖幾個洞，阿媽就會大驚小怪：「你又去玩泥巴了！」

其次是，小書蟲要和阿媽共用一套玩泥巴的工具，所以很麻

煩。阿媽有一整套好用的工具：細細瘦瘦的鏟子，用來挖地洞最恰當不過了；稍微寬一點的平口鏟，挖小水溝不可缺少；大鏟子用來堆土、小鋤頭用來挖大洞；小耙子、尖嘴澆花壺、灑水器等等，每樣工具都有它獨特的用處。

雖然阿媽擁有齊全的玩泥巴工具，但是阿媽從不認為這些工具可以讓小書蟲分享。所以，每當阿媽發現泥土地上工具四散時，她就會把工具收好，藏到另一個地方去，小書蟲總要費一番功夫才找得到。

在這些不利的條件下，小書蟲要玩泥巴，就是件辛苦的事了。

通常是他一踏進菜園，就聽見阿媽的聲音飛了過來：「又要亂挖了！」

再不然就是，好不容易找到了鏟子，還沒拿到菜園裡，阿媽的聲音就把他攔截住：「那是阿媽的工具，不是玩具！」

每次玩泥巴一定挨罵，阿媽年紀比較大，小書蟲處處都要讓她；阿媽拓展種菜面積的時候，小書蟲就必須縮減自己建水壩的面積；阿媽不斷的拆除小書蟲的建築，小書蟲就只好不斷的重建自己的夢想。

所以，等待適當的時機，是玩泥巴的最重要條件。

當阿媽跟著進香團，搭遊覽車去各地拜拜時，就是玩泥巴最適當的時機。這種時機，一年只有兩、三次，一定要好好把握。

小書蟲會在這個時候，興建比較困難的灌水、排水系統，例如先挖出一道道小水溝，再把那種扎了洞的水管埋進去；或者挖出好幾個很深的地洞，再讓地洞彼此相連，這時把水灌進一個地洞，你會發現，所有的洞裡都有水了。

「這叫『連通管』原理。」

如果一年只靠這兩、三次機會玩泥巴，小書蟲一定受不了。所以，他找到了第二種恰當的時機，那就是阿媽看醫生的時候。這個時機有個好處，就是看病回來，阿媽已經沒有力氣罵人了。

小書蟲會利用這種時機，挖一個水庫，水庫的邊上要加蓋堤岸；再把臉盆架在高腳椅子上，剪一段水管，讓水從水管流進水

庫，小書蟲的工作，就是不斷的把臉盆的水加滿。

「這是『虹吸管』原理。」

這樣的機會雖然也不多，小書蟲可是一次也不放過。

比較危險的，是利用阿媽出去找人聊天，或者睡午覺的時機，這可能會讓建到一半的水庫全毀，或者讓剛挖好的地道又被封住。

但是小書蟲偶爾還是會冒險一下，說不定來得及建一座城堡。

小書蟲玩泥巴，可能比都市的孩子還要辛苦，但是小書蟲相信，為了「玩泥巴」這麼好玩的事，再辛苦也是值得的。

29 再見，跳跳球

小書蟲念的小學，是一所小小學。

它和每一所小學都一樣，只是它是小小的。校園小小的、學生少少的、老師少少的，可是校長就和其他學校一樣多，都是一位。

小小學裡，大部分的年級都只有「甲班」一班，但是小書蟲的年級就不同了，還有乙班。小書蟲一直都是念「乙班」，這是全校唯一的「乙班」。

甲班有十八個人，乙班也有十八個人；兩邊人數一樣，不管是

平常的學藝競賽，還是校慶的運動比賽，甚至是考試成績、整潔秩序，兩班都在暗暗較勁。

想想看，接力賽跑的時候，對手是自己班上的人，那是一件多無趣的事啊！

小書蟲他們就不必像別的年級那樣，對手是自己班上的同學，加油的時候還不知道要怎麼喊。小書蟲這個年級的啦啦隊就容易多了，只要呼喊自己的班級就行。

有了甲班和他們比，乙班樣樣都特別努力，不管什麼比賽，乙班都很賣力，他們的目標就是要贏過甲班。

但是，這樣的特別，隨著小珊轉學出去而結束了。

過完年後，小書蟲班上的小珊搬家到鎮上去，她要離開這所小小學，到鎮上的大學校上學。這樣，小書蟲的乙班，就必須和甲班合併在一起，這個小小學裡，就再也沒有乙班了。

小書蟲有點難過，不知道是因為小珊搬走而難過，還是為了兩班要合併而難過。

他把自己最心愛的玩具——五彩跳跳球，送給小珊。

這下，小書蟲就更失落了，他失去一位要好的朋友，也失去他心愛的跳跳球。有時候，小書蟲會分不清楚，他比較想念什麼？當他想起跳跳球，就會想起小珊；想起小珊，就會想起跳跳球。

更難過的是，跟著好朋友轉學離開的，不只是一顆五彩跳跳球，精彩的「甲班」、「乙班」競爭，也跟著消失。老師說，根據規定，剩下的人數，只能成為一班。

「乙班」就這麼消失了。

整個寒假，當小書蟲想起小珊，就想起往日那段歡樂時光：兩班一起，比較誰跳得遠，誰跑得快，哪一班拿走演講第一名，哪一班奪走繪畫冠軍……，這些都隨著小珊一起遠去。

開學那天，乙班的同學收拾好所有的東西，擡著桌子、搬著椅子，一個一個走進甲班的教室。

有人埋怨著說：「都是小珊啦，害我們要合班。」

有人輕輕的問：「老師會不會不喜歡我們哪？」

也有人擔心的說：「以前我們都笑他們跑得慢，現在要同班了。」

小書蟲比較想知道的是，他們班的班級圖書多不多。

寫班級座號的時候，小書蟲還是常常會寫成「乙」班，但是過了一陣子就好了。

在甲班認識了十八個同學，讓小書蟲忙碌了起來。下課的時候，就多了十八個伴，最大的好處是，值日生可以很久才輪一次。人一多，快樂就多，在這個新的甲班裡，有舊的朋友，也有新的朋友，日子一久，讓小書蟲差點忘了想念小珊。

「送走了一顆跳跳球，卻獲得十八個朋友。」小書蟲想想，是很划算，只是可惜，少了小珊。

30 長高有什麼好？

「小弟弟，你念幾年級？」小書蟲最不喜歡人家問的，就是這個問題。

因為一說出答案，就會被人家笑。

「多運動，可以讓你長得高又壯。」愛打籃球的表哥，一邊拍著籃球，一邊跟他說。

小書蟲像螞蟻頂糖果那樣，把籃球捧到頭頂，用力一拋！

籃球像砸到牛頓的那顆蘋果，落到小書蟲的頭頂，差點把眼鏡

一起打下來。

「多練習就好了。」表哥做出一個漂亮的投籃動作，順便拋出這一句話。

「長高有什麼好？」小書蟲在心裡嘀咕著。

「補充鈣，可以讓你長得快！」表姊一邊搖著呼拉圈，一邊這麼說。

這個道理小書蟲知道，可是飯桌上的魚肝油，他像吃生日蛋糕那樣，很久才吃一次，一點幫助也沒有。

長高究竟有什麼好處？小書蟲一邊看著可憐的呼拉圈被表姊腰上的肥肉甩來甩去，一邊這麼想。

長高了，搭車就得自己抓吊環，不能再靠在媽媽身邊；長高了，就不能躺在地上撒賴；長高了，門票也漲價了；長得快，買衣服的錢花得快。

看來，長高也沒有什麼好。

「來，這碗喝下去！」阿媽又燉好一鍋雞湯，放涼了，要小書蟲喝。

妹妹乖乖的把自己那碗喝光了，又幫小書蟲喝掉他那一碗。

「真好喝！」妹妹說。

長高有什麼好嘛，又不能一次看好幾本書，小書蟲還是無所謂的樣子。

但是漸漸的，這句話開始緊跟著小書蟲：「哇，你快被妹妹追過去了。」

「女生本來就長得比男生快嘛！」小書蟲嘴上這麼說，但是心裡冒出來的聲音卻是：「我要長高！」

小書蟲找來一張紙，認真的一小格一小格的標出刻度，再貼在門板後面，這樣就能知道自己到底有沒有長高了。

他又把羽毛球拍找出來，和妹妹一起參加學校的羽球社。

小書蟲仔細看過妹妹，她真的快要追上自己了，再不加油不行。

「哇！五公分！」小書蟲站在量尺旁，大聲的歡呼。

「哥哥，你的鞋子。」

喔，原來是忘了脫鞋子，妹妹為什麼要提醒嘛。

用力拋籃球、經常去運動、不偏食、按時量身高，這是小書蟲的長高祕笈裡，每天必做的事。

「哇！長高嘍。」好久不見的舅舅一看到小書蟲，就送給他這麼一句好

聽的話。

「真的？」小書蟲開心的像無尾熊那樣，跳上舅舅的懷裡。

「長高是長高了，怎麼還是像個小孩子？」

在舅舅的懷裡，小書蟲一下子就長高了十多公分。

長高究竟有什麼好？小書蟲說不出來，但是他環著舅舅的脖子，看了看遠離的地面，心裡還是輕輕的呼喊了一聲：「嗯！長高，真好。」

31

書蟲守則

小書蟲小小年紀，卻已經有了很多年書蟲的資歷，這也讓他練就出分辨「書蟲」的本領來。

小書蟲在人群裡發現書蟲的時候，總是會心的一笑，因為，那就好像看到自己一樣。

書蟲有什麼特徵呢？

小書蟲知道，從外表來看：那種書本、雜誌、報紙百看不厭，連菜單、廣告紙、包裝袋、說明書統統不放過的，就是書蟲了。

還有一種是憑「直覺」來判斷的：先抓起一本書，再衝進廁所的，一定是書蟲；看見新書，就像看見一球剛挖起來的冰淇淋一樣，不忍多擺放一下的，鐵定也是書蟲了。

有了這樣的概念，茫茫人海裡，尋找同伴就容易了。

書蟲的繁殖力驚人，分布也愈來愈廣，很多人的班級裡，就同時有好多隻書蟲。

當書蟲，當然也有「規則」必須遵守，畢竟，當書蟲容易，當一隻好的書蟲不容易。

爸爸要小書蟲整理出幾條「耳邊風」，就是那種被小書蟲當做「耳邊風」的「嘮叨」，寫成「書蟲守則」提醒自己。因為對書蟲而言，看的大概比聽的有效。

書蟲守則第一條：休息是為了走更遠的路。眼睛是書蟲最脆弱的器官，一定要好好保護，才能當一隻好書蟲；如果已經戴眼鏡了，那更要加倍保護。預防近視要像媽媽預防皺紋那樣，隨時留意，不可以有一點點的疏忽。

書蟲守則第二條：看書不睡覺，睡覺不看書。

根據「物以類聚」的道理，在書蟲的書本裡，一定有一些蟲類和書蟲聚在一起：笑蟲、眼淚蟲、生氣蟲、傷心蟲、恐懼蟲、爆笑蟲……。看書的時候，這些沒有辦法拒絕的蟲類，常常探頭和書蟲一起看書，但是絕對不能讓一種蟲在看書的時候來找你，那就是

「瞌睡蟲」。

瞌睡蟲只能養在枕頭裡，所以看書的時候，不能靠著枕頭。

書蟲守則第三條：無條件的愛，愛得無條件。

書蟲依靠書本吸取養分，沒有了書本，就沒有書蟲，所以，書蟲一定會愛惜書本。不管是圖書館的書、班級裡的書、別人的書、家人的書、自己的書，書蟲愛書，就像爸爸媽媽愛孩子那樣，是沒有原因沒有理由的，看到書就愛，捨不得把它弄壞。

書蟲守則第四條：專心一志，心無二用。

書蟲最容易犯的毛病，就是同一個時間，總想做兩件事：一邊走路、一邊看書，或者一邊吃飯、一邊看書。

一次專心做一件事，才能做得好。這件事看起來簡單，但是對書蟲而言卻很困難，因為書蟲總是巴不得隨時都能啃書，洗澡的時候、吃零食的時候、看電視的時候，所以不知不覺就同時做了兩件事。

當然，這也是小書蟲一直沒有辦法做好的一件事。

還不認識字，就迷上了書本的小書蟲，在書本裡找到了許多樂趣。當然，他也希望能做一隻「好」書蟲，但是大家都知道，只要一看到新書，小書蟲還是會樂得什麼「守則」都拋開的。

樂讀456　001

小書蟲生活週記

作　　者｜岑澎維
繪　　者｜王若齊

責任編輯｜許嘉諾
版型設計｜林家蓁
封面設計｜蕭雅慧

天下雜誌群創辦人｜殷允芃
董事長兼執行長｜何琦瑜
兒童產品事業群
副總經理｜林彥傑
總編輯｜林欣靜
主編｜李幼婷
版權主任｜何晨瑋、黃微真

出版者｜親子天下股份有限公司
地址｜台北市 104 建國北路一段 96 號 4 樓
電話｜（02）2509-2800　傳真｜（02）2509-2462
網址｜ www.parenting.com.tw
讀者服務專線｜（02）2662-0332　週一～週五：09:00~17:30
讀者服務傳真｜（02）2662-6048
客服信箱｜ parenting@cw.com.tw
法律顧問｜台英國際商務法律事務所・羅明通律師
製版印刷｜中原造像股份有限公司
總經銷｜大和圖書有限公司　電話：（02）8990-2588

出版日期｜ 2011 年 5 月第一版第一次印行
　　　　　2022 年 8 月第一版第十次印行
定　　價｜ 250 元
書　　號｜ BCKCJ001P
I S B N ｜ 978-986-241-300-5（平裝）

訂購服務
親子天下 Shopping ｜ shopping.parenting.com.tw
海外・大量訂購｜ parenting@cw.com.tw
書香花園｜台北市建國北路二段 6 巷 11 號　電話（02）2506-1635
劃撥帳號｜ 50331356 親子天下股份有限公司

國家圖書館出版品預行編目資料

小書蟲生活週記 / 岑澎維文；王若齊圖
-- 第一版. -- 臺北市：天下雜誌, 2011.05
184 面； 17x21公分. --（樂讀456系列）
ISBN 978-986-241-300-5（平裝）
859.6　　100006640